# 目 录

U0709764

叶尔羌礼赞

2

目录

叶尔羌礼赞

魅力文丛
MEILIWENCONG

# MEILIWENCONG

# 叶尔羌礼赞

主 编：付爱琴

副主编：郑 掷

克孜勒苏柯尔克孜文出版社

新疆电子音像出版社

目
录

5

# 生活是一首歌

——《叶尔羌礼赞》序

**吴金栋**

四十年风雨路,四十年铸辉煌。

在农三师成立的四十年里,广大文艺工作者和文学爱好者在党的"双百"方针和"二为"方向指引下,辛勤耕耘,奋发创作,为职工群众奉献了一份份宝贵的精神食粮,使美丽的文艺百花园增添了绚丽多彩的鲜花。

"诗言志"。农三师屯垦在塔克拉玛干沙漠西缘,建师四十年来,在人烟稀少的戈壁荒滩上建设了沃野千里、绿波荡漾的新家园,创造了世人瞩目的奇迹。农三师的发展史就是一部史无前例的史诗,就其对西部边疆安定与发展来说就是一部可歌可泣的历史杰作。

这部诗集所选用的诗歌,便是农三师与天斗、与地斗深切有感受;这部诗集的问世,乃是在兵团特殊土壤中由

1

衍生到旺盛生命的真实写照。这些出自边远的农场，大漠深处又广为流传的诗歌，来自前沿阵地成为开拓者心灵呼声。她如高原险峰之上的雪莲花；她如大漠之中的胡杨林；她如喀喇昆仑冰峰之上翱翔的雄鹰；更如冰山雪崩喷发挟雷夹电的激流，轰然而下，一泻千里。当初"铸剑为犁"的其境真情，有多少诗歌脱口而出。这种诗歌的得来原本不是一朝一夕的事，有多少炼狱中的志由此而形成，"诗言志"从这里得到很好的验证。读其中之诗，如重温旧时激情，吸取多少时代的精髓，使人感受人生韵味。在这里，我想到荣格的一句话："艺术家总是存在于一定历史情境之中，他不可能超越时代给予的限定界限。他们在创作中所展现出来的思想观念、道德、理想、习惯、气度、情绪、情感等，均不是在所有的时代都是可能的"。

诗集中，有四十年的沧桑巨变中的不同阶段农三师人心理反应，有大地赋予心灵自然的外露和气质的内敛，有痛切的陈情，有厚重的叙说，有奔放的高歌，有苍劲的抒怀，有高昂的呼喊，也有缠绵的低唱，但多以乐观明快、积极进取、刚健清新的感情世界为主调。从改变环境的主观壮举到创新意识的客观自觉，一种思想变化与进步的过程，被张扬的自身成长中的精神浓缩——这是诗集对兵团人精神风貌的直接表现，这是农三师建设成长中的精神浓缩。

新时代呼唤优秀的文艺作品，提高建设社会主义先进文化的是对文艺工作者的迫切要求，屯垦戍边的伟大事业和西部大开发火热的生活激发了诗人的灵感，努力推出思想性、艺术性、欣赏性俱佳，深受群众喜爱的优秀作品,使文艺百花园生机盎然,繁花似锦是我们孜孜以求的最终目标。

叶尔羌礼赞

# 农场的道路

## 吴 凯

农场的道路，
最宽最长，
一头连着田野，
一头通向远方。

道旁白杨参天，
绿阴覆盖着长廊；
路上车水马龙，
如滔滔奔流的大江。

车上金光闪闪，
满载小麦稻谷高粱；
马后蜂蝶翻飞，
追赶着瓜果的郁香。

沿途撒满歌声，
劳动之花竞相怒放；
这是一条巨大的电缆，
给生活输送力量！

农场的道路，
最宽最长，
一头连着阡陌，
一头通向远方……

# "土"八路

## 吴 凯

"土"八路是个屯垦营长，
年纪五十出了头。

为什么要喊他"土"八路？
据说是因为不会"享受"。

你看嘛，发给他的津贴费，
全部买了犁耙置了锄。

配给他的一匹大红马，
成了运输连的好牲口。

一套棉衣穿了整十年，
他说再穿一年也将就。

一杆长枪一把坎土曼，
是他最亲密的好战友。

春耕播种人手紧，

他的坎土曼能顶一头牛!

秋天粮棉堆成山,
他扛起大枪漫山游。

新兵见他年岁大,
问他为啥不退休?

他不假思索反问道:
"靠国家养活你不羞?"

营长就是这么一个人,
难怪别人说他"土"!

一个"土"字好比一座山,
能筑万丈风雨楼!

一个"土"字好比一座桥,
官兵之间往来多自由。

就凭这个"土"字叫得好,
顶住了暴雨狂飙,酷暑寒流!

# 老游击队长

## 吴 凯

二十年前在太行，
率领一队"武二郎"，
用石头造的土炸弹，
缴获鬼子的三八枪。

万里征战人未老，
来到塔里木河西岸破天荒，
他把打仗和生产，
说成只是换换防。

还是那个老脾气，
只是坎土镘代替了"二十响"，
用亮晶晶的汗珠子，
浇灌出戈壁好多棉和粮！

按照他的口头禅，
叫做"不上当"，
就像当年打鬼子，
不见兔子鹰不放！

戈壁荒滩哪里是对手，
只好认输投了降，
恭恭敬敬交地盘，
说是犒劳我们的老游击队长！

# 兵 团 人

曲 近

命运是一阵风
一阵说不清苦难或幸福的风
从故乡蟋蟀鸣唱的老墙根生成
古宅被旋成了一簇簇蒲公英
行色匆匆的人出了门
就成了一颗颗熟透的蒲公英种子
乘风漂泊了一程又一程
穿过风沙的封锁
挺过干渴的威胁
落下来，那方扎根的水土
就有了扯疼乡情的地名
这个特殊的群体被称作兵团人
他们具有黄土一样的
相互包容相互凝聚的秉性
把一块冷寂的土地翻耕得热气腾腾
用战争遗留下来的枪弹
熔铸成犁铧和镰刀
播撒激情，耕种真诚
让每一寸土地都在汗水中游泳

树叶飘落的时候
他们以一种候鸟的心情
开始翻晒思乡的梦
并在心里自言自语
像西部的冬天:雪落无声
似乎怕把什么惊动
胡杨的苍茫和白杨的挺拔
是他们做人的真实剪影
绿洲在他们的汗水里浮动
浮动着生命鲜活的水灵
而一旦肩上扛着枪
手中就握住了更多人的和平与安宁

# 写在西部开发时

## 颜克龙

有人说,远古这里是一片汪洋大海,
有人说,现在这里仍是漫漫黄沙。
在外人眼里,这里秋风萧杀,边远凄凉,
在我看来,却展示了一幅壮丽的图画!

且不说那丝绸路上悠悠驼铃声,
且不闻那淡淡清香的沙枣花。
也不再提葡萄沟的甜蜜,
也不再讲坎儿井的流水哗哗。
历史的车轮已震醒了沉睡的土地,
人们惊奇地发现,
新疆出名的不仅是哈密瓜!
你看见了达板城如林的风力发电机,
你看见了大漠中的石油井架。
还有那飘香的水果,如山的棉花。
谁说这是一片荒芜的不毛之地?
其实,这里流金淌银,物宝天华。

新疆,祖国的聚宝盆,
急待人们去开发。
那万山之祖的昆仑在呼唤,
快打开我的胸膛,
我要献出珍藏黄金、宝石与白玉;
那广袤的大地在申请,
不要再让我沉寂,
我期盼着机车轰鸣,身上划过犁铧。

世纪之交,浩荡东风传来了喜讯:
大西部要加快开发建设的步伐。
钢铁巨龙已越过天山直抵葱岭,
叶河上游将立起拦河大坝。
生态工程将锁住茫茫沙海,
干旱的大地将有甘霖滋润。
我仿佛已看到了,
一座座城镇拔地而起,
一片片绿洲粮丰、林茂,长满碧草、鲜花!
抓住机遇,努力拼搏吧,
美好的蓝图会成为现实,
我们将和全国人民共奔新世纪。

叶尔羌礼赞

# 献给大漠深处的老兵

## 颜克龙

在那个烽火连天的年代，
你们从秦晋齐鲁大地走来，
身背一杆钢枪，脚穿一双布鞋，
越戈壁、跨祁连、铁流千里，
鲜艳的五星红旗插遍天山南北。

来不及洗去满身的征尘，
未散去剿匪的战斗硝烟，
又拿起生产工具，
去到大漠深处屯田。

天当被，地当床，
创业的日子是何等的艰辛！
你们用带茧的双手，
谱写了历史的新篇章。
开渠引水，垦荒造田，
万古荒原献粮棉。
一转眼，五十年，
沧桑岁月揉皱你们青春的脸庞，

不见了你们英姿勃发的身影，
不变的是你们忠诚的心愿。

如今是大河上下莺歌燕舞，
华夏大地万紫千红百花争艳，
你们却扎根天山仍在屯垦戍边，
你们一生默默无闻，淡泊名利，
但共和国知道，
你们所做的贡献！

致敬！大漠深处的老兵，
新疆军垦史上有你们的英名，
后来者正在继承你们不朽的业绩，
屯垦戍边事业会不断推向前进！
放心吧，尊敬的大漠老兵，
浩荡的东风已吹过古玉门关，
随着西部大开发的号角，
新疆会展现更辉煌的前景。

叶尔羌礼赞

# 叶尔羌河

## 颜克龙

你从昆仑山深处走来，
你在塔克拉玛干的沙海中流淌，
行程千里，留下一道干涸的河床，
历经沧桑，衍生出无数喜怒哀乐。

桀骜不驯的叶尔羌河啊，
有时你静若处子一声不响，
有时你奔腾咆哮排山倒海，
犹如脱缰的野马，
我行我素，自由自在。

但人们离不开你，
用你浇灌农田；
人们又害怕你，
怕你滔天巨浪吞没家园。
千百年来你野性不改，
叶河两岸生灵伴随着你无定的行踪，
逐水而居，年年岁岁。

兵团人用你甘甜的乳汁，
把千里戈壁演绎成粮棉；
人们用勤劳的双手筑起了美好家园，
共和国的地图上增添了道道美丽的风景线。
啊，叶尔羌河，你不再是野性难改，
你已顺从了人们的意愿。

如今，西部大开发的号角已经吹响，
叶尔羌河两岸将成为新的"战场"，
塔克拉玛干西缘将建起绿色屏障，
你欢快地流淌吧，
为了这大好时光。

叶尔羌礼赞

# 胡 杨

## 颜克龙

你从远古走来
沾满着历史的尘埃
你没有伟岸的身躯
却凭着坚强的毅力
跨越了多少年代
当年的同类已成化石
你却奇迹般活到了现在

你未与鲜花为伍
也不招蜂引蝶
青山碧野不见你的身影
戈壁沙丘荒原上
却展现了你英雄的气慨

面对恶劣环境
你顽强拼搏昂首挺立
千年不死　千年不朽
为黄沙大漠
增添了绿的风采

# 党　颂

## 颜克龙

一九二一年
一轮红日跃出东方的地平线
中国人民迎着希望的曙光
镰刀锤子闪烁着金辉
照亮了大江南北,神州赤县
中国共产党的诞生
为挣脱千年的枷锁和铁链
斗争的烈火燃遍赣江两岸
革命红旗插上了井冈山巅
血战湘江,过雪山草地
抗日烽火燃烧了太行山区
三大战役,雄师渡江

二十八年的血火
换得人间正道的地覆天翻
五星红旗高高飘扬
中华儿女沐浴着党的阳光
建设祖国把毕生精力奉献
建设一个繁荣昌盛的新中国

社会主义事业如日中天
党的温暖滋润着万众心田
党指引着革命和建设的航船
全国军民众志成城、战恶浪
闯险滩、驶向理想彼岸
伟大光荣、正确的党
在您光辉旗帜的指引下
中国人民满怀豪情阔步前进
在改革开放的新世纪
共创更加美好的明天

诗歌集

# 回 归

## 奉正云

像一个失去母亲的孤儿
流浪 辛酸
与
耻辱 吞噬
446年
乡愁如潮澎湃着
盼归的眸子
拍案而起的那位先生 走了
诗却嵌入 一种 不朽的情结
"请叫儿的乳名
叫我一声澳门"
沉重的呼唤
让多少炎黄儿女
把肠 断 把心 揪
等待你的归期

是忆 当年 列强的船坚 炮利
让一枝冰清玉洁的莲花
飘泊于南中国海

淤泥尽染
欺凌与受辱
溶透血肉
渗透 骨
闻一多的泪光
是多少岁月的期盼
一国两制的构想
是阳光普照
你终于找到了
归家的 路

公元 1999 年 12 月 20 日
祖国和人民已深深记住
当你怀着离别的伤痕和痛楚
扑在母亲的怀里
怎禁得住泪水
在莲花香瓣上倾泻

# 如歌的日子

奉正云


镰刀和土地刚刚交割一场壮丽的金秋
满月清辉犹然流泻在分娩秋天的万千枝头
如太阳燃烧的旗帜和缤纷的笑颜
十月一日
每一支歌都是共和国您的澎湃激昂

五十轮斗转星移 每一轮都有新的成熟
五十度春花秋实 每一度都有新的硕果
十月的天空有着无限的蔚蓝
共和国的土地上有着无数的激情

五十华诞 生命旺季
以成熟的步伐铿锵出思想的成熟
五十华诞 生命灿烂
收割的是的丰收的喜悦

共和国
告别贫穷 力奔小康

以众志成城的意志奋发图强
用稳定发展的国策向前浩荡

看那每天如朝阳蓬勃的人民呵
一步一个脚印
勇往直前
看那每天随太阳一起撒洒光芒的共和国哟
江山如画
今天　十月一日
让我们并起肩　迈出步　携着手
让我们共同踩响大地的鼓点
为共和国的生日高歌祝福——
华夏大地　日日换新颜

# 渴望绿洲

郑掷

想你
想你想得
焦如
一块皲裂的土地
多盼望
你大旱的甘霖
滋润我干涸的心湖

想你
想你想得
苦如
一段雷击的朽木
多盼望
你一双纤柔的手
抹去我痛苦的记忆

想你
想你想得

叶尔羌礼赞

瘦如
一根寒风中摇曳的芦苇
多盼望
那南来的鸿雁
送来你——春的信息

想你
想你想得
缠绵如
一条潺潺的小溪
多盼望
你一条美丽的人鱼
在我的梦中漫游嬉戏

想你
想你想得
渴若
一只受伤的小鸟
多盼望
突现一片绿洲
在你茂密的枝头栖息

漫漫黄沙
茫茫戈壁
心在无数次震颤中渴望
嫩芽在沙尘风暴里摇曳
想你——绿洲

恋你——绿洲
用我一双起茧的手
播下希望的种子
让绿色染遍大地

# 野 麻 花①

### 郑 㨗

在那茫茫戈壁
有个美丽的传说
一位美丽的姑娘
她的名字叫玛洛珈

她喝尽了葫芦里的水
她吃完了最后一块馕
为了找到水
她一去不复还

她走过的地方
开出了野麻花
噢,看见了野麻花
想起了美丽的姑娘玛洛珈

回来吧,玛洛珈,
干涸的土地等待着犁耙

回来吧,玛洛珈,
盼水的人们时刻把你牵挂

注①:相传在很久以前,流经图木舒克的叶尔羌河突然改道,绿洲变为焦土。美丽的维吾尔族姑娘玛洛珈,为寻找水源,顺着叶河故道,只身走进茫茫戈壁,从此她一去不返。沿着她的足迹,开出了美丽的野麻花。人们说:那是玛洛珈留给后人的路标。野麻,即罗布麻。

# 自然启示录

郑　捷

太阳
盘古交给天空的一枚印章，
只盖在宇宙这幅旋转的画上。

月亮
太阳老人赶制的一把梳子，
梳亮了永远逝去的白日。

星河
一盘不分胜负，
永远下不完的棋。

晨露
夏夜爱金色的早晨爱得心慌，
竟把一颗相思泪滴在绿叶上。

秋霜
只要看一看大红的辣椒，

便知道秋天已经出嫁了。
海
人生的一面镜子。

路
生命的延续……

# 春 曲

## 秦 钟

狂草隶篆写不完的迎春喜气，
千言万语道不尽的祝福安康。
新年新春新思想新面貌气壮河山，
开拓进取励精图治是因为改革开放。

龙飞凤舞泼墨洒金力透纸背，
轻点漫染凝心聚力边陲处处美酒飘香。
嘬一口瑶池春春满昆仑，
挥一笔兰亭序谱就精彩华章。

各行各业齐头并进五谷丰登，
摘金夺银体育健儿出尽风光。
春风杨柳吞吐紫气推出东方巨龙，
六亿神州皆舜尧齐奔盛世小康。

流光溢彩好花千树树结硕果，
山舞绢练含笑村村寨寨闹社火，
挂出来的是一柱柱冲天礼花，
唱不尽的是咱老百姓的喜气欢歌。

# 闹 春

## 秦 钟

岁月流金日子火红赞歌高唱，
晶莹的雪花与闹春的剪纸红白相映。
老奶奶指着神舟认月桂，
小孙子抱着大南瓜喜洋洋。

一树寒梅爆出了七彩礼花朵朵，
几只喜鹊唱出了三羊开泰羊年吉祥。
多浪羊、布尔羊、奶山羊迎春贺喜，
农牧民认准了与棉花果蔬园艺业"三足鼎立"的致富方向。

激情燃烧点亮了三峡的无边豪情，
万丈长龙接通了西气东输的富丽堂皇。
洞穿昆仑的世纪雄风高歌猛进，
锻打西部大开发的铁锤如雷霆般炸响。

狮舞绣球，船载喜气，婀娜多姿，
信天游迈着走西口的步伐在戈壁大漠间回荡。
五十六个民族心连心，手挽手，心心相印，
十六大如春风如彩虹点染姹紫嫣红万千气象。

# 共和国不会忘记

## 秦 钟

有一种救助是无言，
有一种神圣叫平凡。
无私的关爱是棵树，
挡雨遮风意绵绵。

抗击"非典"，亲人啊！
旅途劳顿你可要挺直腰杆。
白衣战士啊，
面对黎明的风霜你可曾安眠。

道路崎岖，
我们誓与你同行。
有火眼金睛，
何愁识不破"非典"的冠状毒焰。
让真情的呼唤为你淬火添力，
让庄严的承诺使你气壮如山。

日月经天，命永恒，
坚强的卫士，

你是一道不可逾越的坚强防线。
十三亿双大手攥成了铁拳，
十三亿双眸子顾盼流连，
"非典"肆虐的曲线无力地下垂，
只有逃窜

把生死置之度外，
胸中装着长城泰山。
用理想作为准星，
爱心就能托起民族的尊严。
即使瘟神残暴狰狞，
你已经为我们树起了典范。
即使瘴病能够夺走生命，
共和国已镌刻下
你永恒的信念。

# 沙漠上那一株红柳

## 秦 钟

沙漠上那一株红柳，
莫要问它根有多深，
莫要问它枝有多柔，
也莫要问它来自何方走向何处。

沙漠上那一株红柳，
铭记着沧海桑田的变化，
说得清历史的来龙去脉，
说得清戈壁大漠的年轮春秋。

本是一片平凡的绿茵，
本是一尊不屈的头颅，
哪怕风吹霜打雪侵，
哪怕恣肆的沙尘暴一剑封喉。

魔高一尽，道高一丈，
步步为营，寸寸坚守。
秦月汉星曾照耀过它的容颜，
属于它的领地谁也别想夺走！

· 33 ·

播下的是一种精神，
站起来是一种高度，
挺起来是奋进的旗帜，
因为绿色之中，
囊括一切的智慧和富有。

# 我爱你,喀什噶尔

## 秦 钟

慕士塔格高啊昆仑山壮,
叶尔羌河两岸是故乡。
冰川雪峰白云缭绕,
高原绿洲稻谷飘香。
我爱你——喀什噶尔,
让世界记住你的棉花洁白如玉,
你的大巴扎吸引中亚西亚客商。
每当鸽哨扯出一轮朝阳,
人民广场花团锦簇、乐舞飞扬,
刀郎人把木卡姆唱遍四面八方。
我爱你——喀什噶尔,
有香茶甜瓜无花果为你喝彩,
手抓饭烤羊肉熏陶出永远的孜然馕。
毛主席频频挥手向我们致意,
突厥语大词典吸是智慧的凝结,
香妃的故里经济繁荣各族人民大团结。
我爱你——喀什噶尔,
你的历史深沉厚重你的碧玉熠熠闪光,
你的文化辉映古今倾倒四方源远流长。

# 记者节畅想曲

## 秦 钟

记者作为一种职业，
起于何时，走向何方，
难于考证
亦颇费思量！

当年，夸父逐日
你已亭亭玉立，

大禹治水时
你的雕刀
已经把竹简丈量！

春秋战国，烽烟四起，
游说诸侯，你精神健朗。
《诗经》是你的庄重宣言，
唐诗宋词曾传承了
人的意志思想。

民风淳朴,民智浩荡,
深入到民间采风
古乐府才有了
枝繁叶茂的希望,
古代宫廷歌舞才有了
飞继承和发展。
人民创造历史,
民歌的园地才生机盎然。

代圣贤立言,
替正义伸张。
宝塔山下诞生了新华社,
延河水哺育了一代精英贤良。
新中国的领袖指点江山,
用如椽巨笔宣告了
蒋家王朝的覆亡!

硝烟里、战火旁,
山南海北的新闻人
在血与火的洗礼中
挺起了不屈的脊梁!

如今的老记们
轻敲键盘跨"马"背"枪"
以首都为圆心,
抒发广大人民的希望。
以和平自由为轴,
在沙漠丛林抒写壮美人生,

关注人类为实现和平的
历史走向。
在田间地头促膝谈心，
在雪域高原、草地毡房，
站就站成一段美丽的故事，
躺就躺作一座伟岸的山梁。

高唱大浪淘沙
抒写锦绣文章
只为实现一个
拿笔人的伟大理想，
心甘情愿
去祖国最需要的地方。
要让新闻宣传的火炬去点燃
灼灼升起的一轮朝阳。

叶尔羌礼赞

# 献给叶尔羌河

车建国

你像一匹骏马
从雪山峡谷奔腾而出
卷起惊涛裂岸
浪花飞溅　涛声震天
尽显澎湃
你一路奔涌着
荡涤着尘埃
千折百回中
你终于挣脱群山阻拦
穿越高山和瀚海
把万顷农田灌溉
叶尔羌河是母亲河
你将每一滴甘霖都融入土地
显得那么无私和豪迈
你滋润着片片绿洲
让人们品尝到了丰收的甘甜
你让千百万绿洲深深记住
是你永远奔涌着的
无私情怀

# 农场的秋夜

## 车建国

农场的秋夜万籁俱静
我值班在连队棉花场上
看满天灿烂星光
听秋风吹奏乐章
在秋夜里伫立
我深吸着草湖金秋——
瓜果醉人的芬芳

又是一年秋风至
喜看金秋丰收忙
听 远方公路上
交运棉花的汽车在奔忙
那悠长的汽笛声
比平日的动听而响亮
棉花丰收了
劳累了一天的人们
在静寂的秋夜
睡得那样安祥

草湖金秋夜
迷人又温馨
孩子在母亲的怀里
早已进入了梦乡
笑得那么酣畅

# 家乡恋歌

## 车建国

在祖国 西部边陲
喀什噶尔绿洲上
有一个美丽的地方 草湖
那是我可爱的家乡
历史五十年
巨变沧桑

五十年创业艰难
五十年风雨激荡
五十年同舟共济
改革开放团场面貌大变样
看 草湖金秋
到处莺歌燕舞
更有瓜果飘香
稻穗金黄
棉花雪白
牛羊肥壮
那葱绿的广场草坪
林立的楼房

那宽阔的柏油路
街灯明亮
在音乐广场上
愉快的人们在跳舞歌唱
啊　草湖　我们的故乡
你用乳汁把我喂养
我深深地依恋着你

# 登巴楚唐王城①

## 赵 力

夕照映残垣，
静寂依然，
唐王城上翔风旋。
佛寺钟声何处见？
世事如烟。

烈马啸长天，
春返人间，
危崖石像绽容颜。
鼎沸喧声惊四野，
醉了龙山。

注①：龙山，是巴楚县境内的一条山脉，唐王城坐落于此山上。

叶
尔
羌
礼
赞

# 喀什噶尔诗抄

赵 力

## 叶尔羌秋日

长河飞浪越昆仑,圣水萦回润古城。
街市星辰齐灿放,郊原蔬菜愈葱青。
万顷金穗扬芳馥,亿垄银花织锦云。
驰聘疆南窗外望,煌煌秋色涌天庭。

## 叶河大桥

经霜沐雪日穿梭,雨骤风狂奈我何?
此去飞轮旋月夜,南来汽笛泻星河。
任凭骇浪摧桥柱,独有长虹抚玉波。
伫立河边豪兴起,诗情郁郁满山阿!

## 阿曼尼沙罕

奇山异水育村姑,飘入宫中艺色殊。
多浪河边曾作赋,皇城清夜又著书。
倾情圣曲开新城,疾扫阴风别旧符。
赢得声名扬后世,辉光熠熠满京都。

### 乡村五月

春风扬柳掩柴门，雪水潺潺绕远村。
沙枣花开香绿野，桑园葚熟梁红唇。
前庭驴叫惊飞鸟，后院羊欢吻紫藤。
阿达抚胸频送客，克孜轻舞手中巾。

### 赴叶城途中

天高地阔渺无烟，水远山长可有仙？
绿海扬波迎墨客，金沙耀日拥群贤。
长河细浪吟谣曲，玉树琼枝挂蜜帘。
更有风情悄入梦，不知何处是江南。

### 红柳林

千枝万桠柳花开，摇曳仙姿绿浪中。
沙碛难湮肝胆赤，惊雷岂撼壮心雄。
浴霜不悔长厮守，蹈雪还召玉色风。
旭日泱泱浮碧海，柔腰妙曼满枝红。

### 圣人山

携春叩谒圣人山，碧树清流绕墓园。
一代宗师书大典，百年后裔读雄篇。
十风五雨兴宏志，寒雪秋霜压铁肩。
万里还乡悲酒泪，淙淙圣液育家山。

叶尔羌礼赞

## 英吉沙小刀

吾曾久作剑与花,小试青锋断浊云。
镶绿嵌青凝玉柄,挟雷掣电铸刀身。
周涛剑歌行天下,杨牧赠刀别丽人。
抚刃犹怜清亦俏,刀丛怒耸一昆仑。

## 高空王子略记

三峡激浪掠飞鸿,衡岳高岩聚笑容。
广场欢声惊古道,边城羯鼓撼云峰。
长空跃燕留娇影,峭壁翔鹰挽彩虹。
江雾山岚常作伴,巡天蹈海一苍龙。

# 兵 团 人

### 王 巍

一个兵字把五湖四海团到一起，
一扇开启的门、站立着几代拓荒人。
从战火硝烟中走来，
从流金岁月中掘起。
青春在犁铧下划过，
子孙在戈壁、荒原上扎根。

伊犁河、塔里木河,叶尔羌河畔,
阿尔泰山、天山,昆仑山。
祖国西部的山山水水，
到处遍布着兵团人的足迹，
屯垦把荒原变成了塞外江南，
戍边把边疆筑成了钢铁长城。

班超的子孙再一次把华夏文明点燃，
昔日的烽火台变成了民族团结的丰碑。
兵团人有兵的纪律、兵的奉献，
却没有兵龄的限制。

兵团人艰苦创业、以苦为乐，
兵团人代代相传、青春不老。
开发西部、兵团人奋发有为，
维护稳定、兵团人勇当先锋。
共和国的忠诚卫士，
永远守护着边疆的安宁。

# 叶尔羌河纤夫赞

## 王 巍

你来自昆仑之巅，
源于雪山高地。
感受你冰冷的身躯，
在阳光下温暖熟悉，
怀着漠风的飙悍，
带着胡杨的坚毅，
大漠里有你就有了春天，
你把一生溶入了瀚海、戈壁，
岁月雕刻着坎坷与漂泊。

我来自五湖四海，
带着故乡的气息。
为了一个戍边梦想，
成为一代军垦战士。
为你打通青春脉搏，
为你梳理零乱发丝，
为你诊治伤残肢体，
为你搭建永久新居，
我们一起耕耘、收获，

把希望洒向荒原、大地。

四十年风雨擦肩而过，
绿洲闪动着拓荒的记忆。
叶尔羌河——纤夫的脊梁，
流淌着多少创业的故事。
棉田里传来隆隆轰鸣，
机耕代替了人拉的犁铧。
校园里走出清华、北大的骄子，
让图木舒克展开世纪雄伟蓝图。
与时俱进，开拓进取、新一代兵团人的誓言，
进军沙漠、再创一个人间的奇迹。

诗歌集

# 图木舒克

## 王 巍

一条蜿蜒的土石路，
一驾牛车走向远方。
木轮咿咿哑哑的唱着，
扬起的尘土沾满行囊。
暮色里偶尔有灯火闪亮，
这是我对图木舒克过去的印象。

汽车拐进大山口，
平直的道路显得幽长。
唐王城下我寻觅着儿时的记忆，
这熟悉的山水仿佛一直在我心中流淌。
似曾相识却又换了人间，
仿佛化了妆的美丽新娘。

叶尔羌礼赞

一座新城正拔地而起，
宽阔的街、整齐的楼、白杨行行。
还有什么让我魂牵梦绕，
这不正是我的梦里故乡。
叶尔羌河畔一颗明珠，
你圆上了多少军垦人的梦想。

# 我骄傲，我是兵团人

## 王　巍

叶尔羌礼赞

我骄傲，我是兵团人，
虽然出生在行军的营帐里，
但却给一代人带来了希望。
父辈寻找着叶尔羌河的足迹，
把我安置在昆仑山下，
我便有了一个山一样的名字。

我骄傲，我是兵团人，
虽然我长在胡杨林里，
但有幸看到了荒原的巨变。
伴着一粒粒辛勤的汗滴，
父辈们把一生的情感，
融入了这片多情的土地。

我骄傲，我是兵团人，
虽然生活远离都市，
但却守卫着边疆的安宁。
这就是人生的价值，
我们是永不退伍的兵，

是维护边疆稳定的柱石。

我骄傲,我是兵团人,
虽然已走进小康的日子,
但却不忘兵团的使命。
新一代屯垦戍边的勇士,
用科学实现着父辈的理想,
用智慧创造着不朽的业绩。

诗
歌
集

# 走过秋天

陈平焱

一片片 一片片
在风中飘零的 落叶
无声地深入记忆
沉甸甸的
算是收获

挽留点什么
从身边溜走的 也许
不再是时光
走吧 该走的

逝去的晚霞
被谁拾起
皎洁的月光
是在为冬守候吗

悄悄袭来的严寒
总会夹杂点雪花
散落在田野 在心头

轻轻的
算是希望

作别走过的
是一种经历
迎面走来的
是另一种经历

# 父亲的扁担

陈平焱

父亲的父亲
走了
在我刚学会喊父亲的
那个冬季
留下那条古老的
扁担
给父亲

父亲用扁担
挑走了艰辛
挑来了安逸
挑走了黑发
挑来了皱纹

关于扁担的故事
很多
但

我终究没有接过
父亲的扁担
却抡起
大西北的坎土镘
在沙漠的边缘
耕耘

诗
歌
集

# 劳动号子

## 赵月明

劳动的号子
由劳动人民创作谱写
由劳动人民吟唱传播
词曲　通俗易懂
音符　简短优美
旋律　高昂向上
吟唱　浑雄有力


劳动号子响起的地方
必定有坚硬挺拔的脊梁
必定有勤劳智慧的大脑
必定有健壮灵巧的双手
必定有晶莹闪光的汗水
必定有与时俱进的队伍
必定有铿锵豪迈的步伐
必定有勇于开拓的英雄
必定有不断追求的豪杰
必定有迎风飘扬的旗帜
必定有播报不完的喜讯

叶尔羌礼赞

必定有金光灿烂的奖牌

劳动号子响过的地方
必定会废墟变厂房
必定会平地起高楼
必定会荒漠变良田
必定会野岭变果园
必定会贫穷变富裕
必定会冷落变繁荣

劳动号子
时高时低
时起时伏
时远时近
时隐时现
畅响在祖国大地

劳动号子
从远古一步步走来
带着石器与陶瓷
带着青铜与钢铁
走进新世纪
走进现代化

# 迎 春 歌

祝玉亭

我一直都在迎接春天
尽管已在隆冬
因为站在蒸蒸日上的大地
扑面而来的晨风的流韵
是动人的东方红
日日更新的景象出人意料
芬芳着我们的每个黎明

在这全面开放的鲜艳花朵里
拨开花蕊的生活
才知道什么叫欣欣向荣
尽管雪花漫天飞舞
因为到处充满生机盎然的诗意
无处不在的热情
驱散着顽固不化的寒冰

于是 看一看如花的笑容吧
在回忆和展望中 一晃就是百年
怎样真正理解冰土地的冰消雪融

这是一次彻骨的感受
血脉中有江河的涌动
就是因为有了这片蓄满春意的热土
胚芽才有可能变成翅膀
就是因为有了充满无限能量的蓝天
阴霾才有可能化为长虹

我自豪地找到了我们特有的颜色
在阳光与旗帜准时相逢时
这种颜色有如万马奔腾
这样的春色寄托着十三亿人的深情
我们深知
我的血脉就是祖国的根系
深深融入五千年的梦中

所以 我每天都在迎接春天
对于宇宙 是整个地球和平发展的葱茏
对于祖国 是气势磅礴春潮的汹涌
对于我 因为她来自北京
听 世纪礼炮
如春雷鼓荡起整个民族的自信

# 记者的感情

## 祝玉亭

有一种不曾发现的长虹
每日载着我走向新的征程
要说这种现象出现在雨后
望着七彩的瑰丽
听到雷雨之声
为一棵禾苗的拔节而激动不已
这种雨水滋润那一方甘甜
咀嚼回味便认定着历史的见证
于是 我每日翻阅的不仅是报刊
而是 展开一片包罗万象的无际天空
总有一种巨大的力量拍击的胸怀
任你翱翔时望到一种特殊的身影
隐隐而来 给人融融春意
默默而去 留着风清月明

有一种升腾连着丝丝入扣的感情
情系风声 雷声 暴雨声 千声汇一声
情系波声 瀚海 大舞台 尽情唱不停
情系太阳 月亮 满天星 光照千秋荣

叶尔羌礼赞

情系的大千世界化为灿烂绚丽的无悔人生

一纸纵览天下事
热点折射民间情
这便是忘我决不忘情的记者感情
这种感情把多少记者的身影组成

# 父亲的信

## 马 翼

父亲来信了
寄给我一腔浓浓的相思

两页舒卷的信笺
似他干裂的大手
歪扭的字迹
是他额角
一条条饱经风霜的皱纹

找不到华丽的词汇
精炼的语句
但每颗字都凝聚了
父亲对儿子的思恋
我知道

父亲写的是一首
最耐听最动人的歌
流淌出人间真情

# 种田汉子

### 马 翼

小渠里流淌的大山水呵
你是种田汉子脉管中奔腾的血
戈壁深处的那片黄土地呵
你是种田汉子敞开衣襟裸露的胸

犁铧下翻飞的泥土
播种了庄稼汉子一个金黄的希冀
古老的砍土镘呵
你是一支古老美丽的民间歌谣
在种田汉子的莫合烟中飘扬出来

种田汉子的汗水呵
淋黄了八月
洗白了八月
种田汉子的眼窝里绽放了自己的季节

大碗喝酒大块吃肉的种田汉子呵
是顶天立地的硬汉子

# 奶奶湖

## 马 翼

在很小的时候
常听奶奶讲，
山的那边有一个湖，
每逢七月七的那天，
地下的牛郎和天上的织女，
相伴在湖旁尽情的谈吐。

鹊桥又从湖面架起的季节，
长大了的我，
多想再听一遍；
奶奶讲的故事
——牛郎和织女
那个永不褪色的古老的传说，
可是奶奶的故事沉睡了，
和奶奶一同住在故事的湖边。

# 马车夫

马 翼

甩出的响鞭
丢下一个问号。
轱辘辗滚动的车轮，
是个退也退不完的线圈。
弯曲的小道，
永远和车轮相切，
日日留下无从更改的轨迹。

褪色的草帽，
遮住太阳的半边脸。
赤裸的胸膛，
一半是粗犷，
一半是细腻。
车轮碾出的岁月，
铸就成马车夫不倒的信念。

· 69 ·

# 相思是一粒种子

## 余　韵

总是在下雨的时候
来到那条幽僻的小路
那景依然
那物依旧
只不见你的红伞
你的温柔

总是在黄昏的时候
来到那座温馨的小屋
还是那门
还是那窗
只不见你的倩影
你娓娓的倾诉

我不知道
那懒散的青鸟
总送不来
你点滴的音讯
我想，也许

你那粒相思的红豆
还未埋进沃土

我不知道
那南来的鸿雁
总捎不来
你缠绵的情书
我想，也许
那排铁铸的栅栏
阻住了你迟疑的脚步


为能看到
你那行秀丽的文字
我梦中的沙枣树啊
早已白发无数
为能听到
你那支深情的歌
我心中的胡杨树啊
早已叶黄枝枯

# 我们没有相约

## 余 韵

尽管
我们没有相约
却在同一个黄昏
我们来到那条街
那排路灯
投下了我们依偎的身影

虽然
我们没有相约
却在同一个时刻
我们拿起了纸笔
那只青鸟
送去了我们无限的眷恋

只要
我们心心相印
哪怕
我们天各一方

叶尔羌礼赞

也不会影响
心的沟通

只要
我们两情相许
即使
没有相约
也不会忘记
那个神圣的时刻

在爱的世界里
时间不存
空间不在
在恋人的心目中
日月不行
地球不转

纵然
天塌地陷
我们也不会忘记
彼此的誓言

# 梦回家园

余 韵

你走了
走得毫不犹豫
我从那匆匆步履中
看到片刻的迟疑

你走了
没来得及说声再见
我从你的眼底
看到痛苦的泪滴

你走了
留下沉重的叹息
我从你内心深处
看到深深的恋意

说不再想你
那只是说说而已
说不再爱你
我知道那只是骗自己

叶尔羌礼赞

无论你走多远
这里永是你归来的港湾
无论你身在何处
我都是你梦里的家园

# 沙枣花

## 关 尹

银灰色的小叶
淡黄色的小花
她
披着晶莹的晨露
带着羞涩的红霞
她
挟着温馨的清风
透露出朴质无华
她
默默地开在荒漠戈壁
暗暗地把幽香洒满天涯

# 那四十双眼睛

## 关 尹

那四十双眼睛，
带着纯洁与天真；
那四十扇窗口，
含着信任与崇敬。

我有幸收到
内地的聘请书：
"这里生活舒适，
这里待遇优厚！"

那四十双眼睛，
露出惊讶与疑问；
那四十扇窗口，
是挽留和渴望！

我的脸，发烧了
我的心，颤抖了
我垂下羞愧的头
撕碎了手中的聘请书

那四十双眼睛，
带着纯洁与天真；
那四十扇窗口，
含着信任与崇敬！

# 兵 团 颂

崔俊仁

在开国大典的礼炮声中诞生
在南泥湾精神的感召下长大
奔腾于大漠深处荒滩戈壁
跃动于无垠莽原无边荒芜
欢笑在牧羊人高抡的鞭梢
呐喊在坎土镘铿锵有力的节奏
兵团呵
蕴含着赤橙黄绿青蓝紫的全部
容纳了酸甜苦辣咸麻涩的所有
你的舞曲是是粗暴的漠风
你的馨香是厚重的泥土
你是溪水是河流也是大海
你是星星是月亮也是太阳
兵团人呵
不管是生是死是爱或是恨
都不愿远离脚下的黄土地
不管是喜是怒是哀或是乐
总想着是为屯垦为戍边为奉献

在兵团,只要你从生到死走到底
你都会找到属于自己的天和地
找到人生的真谛灵魂的家园
祖辈的辉煌民族的昌盛

# 农场之恋

崔俊仁

如鱼儿眷恋江河
如蜂蝶眷恋花草
如红柳眷恋戈壁
如骆驼眷恋大漠
我深恋着兵团
深恋着兵团农牧团场
我恋农场人搏击的骠悍威猛
我恋农场人不畏艰险的苦干精神
我恋农场人的淳朴善良
我恋农场人的精明才干
我恋着农场
面朝黄土背朝天的农工们
就如鱼儿永远恋着花草
如红柳永远恋着戈壁
似骆驼永远恋着大漠

# 献给农工的赞歌

崔俊仁

农工是屯垦戍边的英雄
农工是扎根垦区的士兵
无悔无怨是农工的品质
拓荒造绿是农工的使命
用青春染绿的大地呵
有农工用热血铸造的信念
悠悠军垦心漫漫创业路
有无私的奉献无悔的人生
在奉献与生死中
传承和弘扬了兵团精神
酝酿和谱写了奋进的军垦乐章
农工是雄跨世纪的英雄
农工是永不转业的士兵
他们用自己的双手和智慧
乘改革之风跨开放之马
置身于戈壁荒漠
挺立为边疆亮丽的风景

# 叶 河 韵

崔俊仁

叶河上漂浮着无尽的诗
叶河里涌荡着无数的歌
无尽的憧憬
无数的希望
无尽的怀念
无数的向往
叶河呵,是一首迷人的歌
回旋在十九万屯垦戍边者的心中
久久萦绕、萦绕久久

# 钟 情

崔俊仁

把盏秋灯
在凉爽的雨丝里
把熄不灭的惆怅洗刷
等不及冬的到来
秋日黄叶
总是片片飘零
我在渴盼中寻觅
你喜欢的那一枚
然后和着涌向心灵的钟情
遥寄给你

# 母爱如春

崔俊仁

在母亲含情蕴爱的牵挂里
在母亲闲唠忙叨的嘱咐中
总是走不出母亲深邃的目光
凝炼着呵护理解与关爱的针线
在母亲手中串缀起儿女的思念
母亲以自己独有的方式
在春华秋实中教会儿女写人生
任岁月的河流颠簸成一网甜蜜
走进母亲山一般的凝重
走进母亲满掌的老茧
在麦粒一样轰响的钟声里
母爱如春　我们
难以走出母亲长长的牵挂

# 轻吟土地

崔俊仁

我全部的诗歌
总是与土地一脉相承
所有的承诺与追求
点点渗入泥土的肌髓
凝结成我的田园与笔犁
当灵魂已深嵌这片土地
我沿着无尽思索的意境
在人生的旅程塑造辉煌
垦区的风为我撑起一种氛围
一种鼓圆馨香的思想
垄垄绿波涌荡的情感呵
似和风如细雨更像秋阳
在累累硕果里　　醉成
劳作者酣睡的轻吟
源自收获的光芒呵
在我的丰盈的田园闪烁着
生存于笔犁间的意义和力量
我土里土气的诗歌
沾满着泥土的歌谣草叶的清纯

遥望丰收后的土地
感恩的轻吟

# 爱的诠释

崔俊仁

你悄悄钻进我的脑海
你轻轻划入我的视线
你默默钻入我的文中
你静静划进我的心田
从来对你
没有表白而已

脑海中的最终未能留下
视线外的最终没有到来
文中的你最终未能说话
心田里的最终没有留步
都是因为
对你没有表白

# 无 题

崔俊仁

你在我处来过多次
却从不曾言语
即便月明如镜
即使风轻如歌
我总是希望　你
紧闭的双唇
撕碎静寂的空间
哪怕只吐一字

明月挂空却无云伴
微风柔柔却无爽意
千万次的心问
你在我处来过多少次
你可曾说过一句知心话

诗

歌

集

# 不再等你

崔俊仁

等你在老地方
是因为你曾有过许诺
如一尊不倒的塑像
凝固般思忆
思忆久去不归的你
在风来的地方
飘来一曲惆怅的歌
不再去老地方　等你
因为你渐远的脚步
已让我伤痕累累
愁怨万千

# 走进秋季

崔俊仁

想念一种诱惑
一种从发芽到结果的诱惑
让心　跌进秋的土壤
在落寞中溢出金黄的月华
也念着夏季
夏季里晚饭后闲步的无聊
无聊中只为　只为
把缕缕愁绪抛给将沉的夕阳
让晚霞,藏进繁星的眼睛
一点点塑圆
塑圆那一轮月的明静

走进秋季
走进一种诱惑中落寞的无聊
让往事在怅然中耗尽
走进秋季
走进一种繁乱中难得的清纯
清纯中秋季不再哀愁

# 三 月 雨

崔俊仁

三月雨呵
谁说你来得静然哑声
是你将绿色的承诺
传给田野的嫩草
是你将粉红的思念
挂满桃枝
是你将复苏的生命
给了冻僵的大地
是你将精短的诗句
给了三月的和风
是你奔来跑去
让清亮如歌的泪
吟诵了整个春天的故事
三月的雨丝
沐浴了整个故事
润湿了我的诗行和眼睛

# 寻 梦 园

崔俊仁

你用大西北的豪情在晨钟暮鼓中奔波
蓝天上苍鹰飞翔的双翅击起我欲飞的心思
我单调的诗句遥对暮色的苍茫
总是被夕阳西下的暮霭撕扯成碎金粒粒
站在风雨中仰望苍穹
千万遍呼唤着将大漠改造为良田的英雄
我沿叶河的流向寻梦寻那太阳升起的高度
五千年为了同一个梦而逝去的岁月呵
能否告知我女娲补天时曾用过叶河的水
在梦中我千万次看到祖宗一代代、一辈辈
沿丝绸西道的黄沙赤着双脚在蹒跚
活化石的历史让我跃动的思绪选择了兵团
怀满腔激情让屯垦戍边的雄心穿过日月
祖辈父辈我辈下辈有一个共同的心愿
把梦织在华夏织在新疆织在兵团垦区
畅饮略带咸涩的叶河水便畅饮着希望
沉重的脚步无数次踩碎戈壁滩清静的日子
沿叶河的流向寻梦寻那祖先未圆的梦

在片片绿油油的田地里
我替祖先拭去千年未干的泪
让汩汩流淌的毅力和勇气永存再永传

叶尔羌礼赞

# 大漠阳光

崔俊仁

一

太阳的胸襟　能够
包容蓝天接纳大地
倾斜的月光
辉撒遍地金黄

二

大漠是一片风景
有悲欢亦有苦乐
在由黄变绿中　牵引
屯垦戍边者的雄心

三

梦在驼铃声中
播撒一地的希冀
只为丰厚
大地的灿烂

## 四

我自黄土高坡而来
携满怀壮志
以火热之心　刺痛
大漠清冷的面颊

## 五

千年万年的荒漠
亘古隽永的阳光
在我手中　铸成
春夏秋冬的风暴

## 六

拓荒者的身影
在晨光里坚挺而立
无数胡杨
把欢笑奉献给了大漠

叶尔羌礼赞

# 春　潮

崔俊仁

冬雪挥挥衣袖
春雨就款款而来
抚去一冬的雪被
春天　就隐身于
广阔的大地
那嫩绿的草芽儿
跨越一季的寒潮
向人类炫耀
自己嫩白的肌肤
春呵　如初嫁的新娘
又如多情的少女
撑开头帕的遮盖
把冬日封存的惆怅
融入点点细雨缠绵
让桃花儿开怀畅饮
绽露粉色一团

# 春 播

崔俊仁

春天是一次革新
静寂一冬的万物开始复苏
锈迹斑斑的农具再次鲜亮
农人挥动着有力的双臂
铁犁在解冻的泥土中畅游
土浪滚滚
翻涌着农民情绪的高潮
种子在春的庆典中悄然落土
农民在守望中扎根于土地
傍晚时分
春天在播种希望
农民在劳作中触摸收获

# 春 恋

崔俊仁

诗

歌

集

沿昨夜梦萦舞来的雪花
披着春阳的金衣而飘飘洒洒
用干裂着嘴唇唱给大地
西部开发的春歌
涌向这片渴盼滋润的心田

当小草发芽桃杏花开
清新的和风便悄然而至
春天便惠赐尘世于温暖
让青春的火焰熊熊燃起
天山南北不再静默和孤寂
兵团随西部开发而腾飞
垦区又开始了新世纪的奏鸣
在铁犁刻下的印章上春潮激荡
目送一段久远的距离
春风为谁摇荡着天作的婚纱

站在空旷的田野呼唤大地的名字
躺在春日的怀抱确认人生的轨迹
装不满宽阔胸襟的是春的归意
春呵,绿色的生命是你待嫁的闺女
南归之燕衔回万里行程的诗句
把勤劳之歌播洒在汗水里
在大漠之上笑对人生

# 献给夏日的歌

崔俊仁

诗
歌
集

这是丰收在望的季节
这是朝气勃发的时刻
所有的花草已不再是处女
全部的风雨再没有约会
只有知了在不停地鸣叫
向忙碌的人们炫耀它的聪明
阳光在农人挥动的镰刀中
收割出一曲火辣辣的情歌
身背重荷的蜗牛
以迅雷不及掩耳之势　为自己
开辟出千万条让人惊异的路途
朗朗星空静寂如醉
白云似闲散的浪子
蜂蝶在花丛中忘情起舞
夏日在丰收的笑容里
把午梦的时光风干
把疲倦的容颜照亮　思绪
在豪壮的赞歌中回旋

# 扭秧歌

崔俊仁

清晨
录音机里悠扬的旋律
划破一夜的宁静　农场
在舞动的柔姿与优美的旋律中
惊醒
撼动人心的曲调
一遍又一遍
拂过静寂千年的原野
如约而至的屯垦者
扭起以戍边为己任的秧歌
瞧　那攒动的人群中
岁月的容颜光彩夺目

# 无悔的选择

崔俊仁

踩一路荆棘踏一路坎坷
跨越沼泽,步出泥泞
怀揣痴诚的向往
披一身无悔的执著
在勤奋中开辟通向书山的小路
在劳苦中制作划向学海的小船舟
你用粉笔作路标拿黑板擦作航标
磨灭了无数粉笔无数黑板擦
你庆幸自己既是开路人又是制船巧匠
你说今生注定自己该面对
讲台下一个又一个贪学如当年的你
百年大计,教育为本
你说你的选择没有错

# 老 班 长

## 蔡振伟

一个响亮而平凡的名字
把青春定格为永恒的年龄
用发自内心热血般的激情
扮演着军中之母的角色

在战士们熟睡的季节
老班长总要给战友掖掖被子
丝丝的温暖驱走寒气
海一样的宽阔心胸
注满着战士们真情的话语
从士兵到将军
从将军到士兵
足以让他的兵们回味一生
以兵头将尾的身份
给警营留下一道风景
用汗水洗涤铁打的营盘
弹拨着时代和平的序曲
为了祖国的安宁
把恋情锁进心灵的抽屉

将爱播洒给绿色的警营
用赤心和热血书写壮丽青春
永远以最美好的心律
谱写着明天的辉煌灿烂

# 赞歌献给白衣天使

## 谢洲春

战斗在抗击非典第一线
你一袭白装　日夜穿梭
在与死神的较量中
你用自己的辛勤
换来无数患者的幸福
挽回一个又一个生命

战斗在没有硝烟的战场
你恪尽职守　顽强拼搏
践行着"三个代"表重要思想
固守着对祖国和人民的爱
用热血和真诚
筑起防治非典的钢铁长城

站在时代的前沿
你温顺贤惠　春青靓丽
你把无数个人间美丽
用自己柔弱的肩膀挑起

你用青春和汗水
谱写了无数的生命壮歌
可敬的白衣天使呵
你们是新时期最可爱的人

# 使命与安宁

祁永年

2003年2月24日10时
一场灾难在巴楚、伽师发生
哭声　喊声连成一片
这是一场强烈地震呀
是6.8级的地震
距震中的农三师监狱
监管设施与驻监狱部队营房
受灾面积达四万八千平方米
紧要关头
一个个身穿制服的民警
闻风而动,坚守岗位
提高警惕,严加防范
确保监狱安全
这是监狱民警的光荣使命
地震牵动着四面八方的人
也牵动着服刑人员亲属的心
20多个"亲情"电话迅即开通
服刑人员个个平安的声音
传向远方的亲人

一个年过半百的服刑人员
躺在床上看到
一双温暖的手轻轻地
为他掩上被角
整整 30 多个日日夜夜呵
民警坚守岗位
脸憔悴了　眼熬红了
为了共和国的安宁
为了心中一个永远的誓言
监狱民警们忘我工作
抗震救灾献爱心的热情似火

短短两天
监狱捐款七万六千元
被褥九百零三件
在强烈的地震灾害面前
农三师监狱民警——
团结实干　攻坚克难
与时俱进　敢为人先
风霜雪雨搏激流
实践"三个代表"重要思想
是模范

# 山 水 情

### 侯 伟

水轻拍山的壮腰
山轻吻水的秀眉
水是百态千姿
山是万般风情
一种简单的结合
一种清纯的美丽
让你进入一种境界
让你领略一种氛围
我久久地凝视
我默默地沉思
爱 难道是一种补偿
当你为对方付出的时候
自己早已熠熠生辉

叶尔羌礼赞

# 长大后我就成了你

顾安宣

记得来到我们身边时
你孤身一人
背着简单的行李
抛弃了原本如意的工作
你说
乡亲山一般的淳朴
山娃子山一般的企盼
如磁场般吸引了你
从此 在这贫困的山村
你用充分智慧的头脑
填充着我们的空白
你用那美妙的声音
为一批又一批的山娃子启蒙
家中的一封封来信
也无法将你唤回
年轻的你
占据了我幼小的心灵
你写字的姿势
成了我心中最美的浮雕

你课堂上的演讲
一如学校后面的山泉叮咚
如今我终于如愿
成了和你一样的人
我定会像你一样
用我所有的智慧
填充贫困农村的空白
尽管前面会布满荆棘
我仍信心百倍踏浪勇进

# 你是我一生最好的作品
## ——写给笑笑

**潘黎明**

我一直认为
你是我一生最好的作品
我用我全部生命的底蕴
推敲你　雕琢你
经过漫长的构思
和谋篇布局
你终于具有了独立于世的生命力
在七月的那个早上
你如一缕清晨新鲜的阳光
跃出我的身体
用你的光芒
刺痛了往来穿梭的岁月
你安静的容颜
比任何一部书都更具有内涵
你清澈如水的眸子
写着远离尘世的洁净与安祥
你偶尔的啼哭
像林中雏鸟的呼唤
可以穿透雨中任何一个

漂泊者坚硬的心墙
你在我的怀中
像一卷疲惫又悸动的诗歌
忽睡忽醒
我怕长长的历史之河
只不过是你睡梦里
轻发的呢语
尽管你的血脉
不过是长河中的滴水
我历数我的文章
发现每一篇都是不够完美
读过之后
便很少回味
惟有你
自我著就之后
便有了自己的思想
以我想像不到的方式
变换着每一篇章的细节
有时 我不能相信
你出自我的手笔
你的快乐的天性
出自于我内心的忧郁
仿佛是冥冥中的补偿

你以你稚嫩的爱
抚摸着我多年来积累的伤口
你真是我最杰出的作品
是呈现给世人的
最纯洁无瑕的本性
是人类最初的天真

# 父亲素描

### 邓启金

穿一双草鞋行遍千山万水
披一袭汗衫奔波江湖之间
哼一曲山歌越过坎坎坷坷

有一双结茧的手
有一双沉思的眼
有一只高卷的裤管
有头白发和皱纹

爱吃泡久的酸菜
爱喝苦苓苓的茶
几年不见儿女
见面还是那句话

每一次闪电在天边隐现时
你总在梦语里
朦胧着那句：
风雨你慢慢地降临
别毁了俺的庄稼

# 南雁 北雁

陈永新

南雁北归,北雁南归
欢乐的严冬融化,留下孤独
一只
一路哀鸣,雁儿
你留恋南方吗?

眼前的绿色成为欢乐的往事
春天的热烈好像并不属于它
它凝视这绿色
绿浓愁更浓

是这儿吗? 这树林中
枯黄的秋天,却是那样温存
憧憬金黄收获时的喜悦
——永远一道高歌飞翔

是这儿吗? 这湖堤上
双眼凝望 望澈心底
如静静湖面的深情

双眼中久凝

今昔是什么?
今昔在面前的湖水、树林
树变绿,水更清
而雁儿,你……

秋季北雁南飞
春至北雁南归
高歌而去,哀鸣而归
北雁,你留恋南方吗?

金黄的圆月亮亮地倒映水中
欢乐的严冬如天上圆月
失去的能追回吗? ——水中的
月亮
雁儿,你留恋南方吗?

南雁　北雁
过去严冬的南雁
你终究是北雁
春天北方的雁

# 找 寻

### 无 为

当秋风扫落树丫最后一片黄叶
我在找寻　找寻久违的爱情
当夜空滑过璀璨的流星
我在找寻　找寻失落的爱情

曾经梦幻　梦幻有一天
我幽灵般出现
在我期盼已久的窗前
飘飞的裙裾和旗袍的身躯
若即若离　若隐若现

曾经迷乱
迷乱在你水晶般的眸子
绵绵的眼神
以及涓涓的细语
　切切的慰问

走过芳草绿丛
也踏过风风雨雨

我在迷茫之中失去自己
然而有一天
我殒星般消逝在无际的天边

我在找寻 找寻久违的爱情
我应找寻 找寻失落的爱情

# 畅想七月

李婷婷

畅想七月
不是一个长梦
不是一次震颤
它是肩头挑起的重担
它是祖国铿锵有力的叮嘱

畅想七月
不是一缕春风
不是一阵细雨
它是人们对祖国的信念
它是历史在大地上的回首

七月是一轮鲜红鲜红的太阳
带来光明驱走严寒
七月是一团熊熊燃烧的烈火
焚烧腐朽穿透黑暗
七月是声声激越的春雷

是阵阵催征的鼓点
是人民大会堂里的掌声
是共和国向世界发出的宣言

叶
尔
羌
礼
赞

# 牵 挂

武学斌

总是默默在自问
茫茫人世间
你我隔山隔水
却为何 心中挂牵的
独独是你的风景

那个夏季的蜻蜓
早已从荷塘散尽
曾经热烈的蝉声
竟变成凄清的哀鸣
那把青春的六弦琴
也失去了曼妙的音韵

这都是因为你呵
把我从温馨之梦中唤醒
从此后 那葱郁的丛林中
再也没有你秀发飘逸的身影

往昔的时光早已走远
人生的旅途仍在延伸
匆匆的青春与岁月
在一年一年地远行
绵绵的相思与怀想
却在一天一天地加深

# 想念兵团

程辉华

忆新疆，
最忆是兵团。
屯垦戍边千斤担，
双手绘出好河山。
边界是铁山。

忆兵团，
最忆是条田。
粮棉林果翠色染，
荒丘建成大花园。
团场天外天。

忆新疆，
最忆天山南。
兄弟牵手笑眉展，
改革开放两重天。
歌舞欢声旋。

忆兵团，
最忆老模范。
搏击风沙几十年，
白头不忘谱新篇。
英雄代代传。

叶尔羌礼赞

# 秋韵流芳

## 许 彦

### 一

一群奔马
一团流霞
万里火光
这就是我心
于金秋湛蓝中的
歌唱

心儿的五色骏马  嗒嗒
鬃毛涌为河流  驰过时空
热血使彩云翻滚如浪
驰出百年长夜窒息
黎明以满身花瓣
展示春光
咏叹秋韵

丰收的信念
繁育为实景连绵
谷穗的质量与速度

闪击出串串辉煌
金镰与铁锤呵
以浓重的鲜红扩展
托起驰骋者的目光
高扬

一切变为成熟　力量
犹如鸽哨于蓝空大野间
呈大弧大圆似的跳荡
圆梦与突破的信息
如阳光的报纸　每日
人手一张
全球感到这里的重量

# 二

当秋菊和桂花
锦簇起金黄的交响
我们的马群
已攀上世界屋脊
叩动高原之月
声声回响如鼙鼓
蹄声撞响滴露的朝阳
只因我们饮马于
黄河——长江
于是
效率与时间
成为我们的思维

等待　无为……该被
圈入忌语
新的前景　乃是
万众一心　中国特色之光
把推进　交给岩石
让攻坚隆起处
蹄风若浪
因此
比庆功酒甘美金贵
是行进　向远方

三

你升起
这所向披靡的锤镰之旗
在众目众心之中鲜亮
随之投影出我们的形像
——从秋阳秋收中挺进
跨进新世纪风景
尽览春光

# 雪

杨应超

冬云恶，
三旬飞雪闭日月。
闭日月，
昆仑风醉，
长河声咽。
云开弦月冷如铁，
雾去晴日从头越。
从头越，
大漠雪海，
暖阳心切。

叶尔羌礼赞

# 巴扎早市

张文彪

鸡飞鹅叫羊叫鱼跳
葱头子蒜苗黄瓜青椒
密密麻麻摆满巴扎新街
你挤我挤穿过红摊绿铺
姑娘小伙胖嫂嫂
叫卖声一个更比一个高
讨价还价
然后成交
农产品在这里联欢比美
结构调整的优势在阵阵笑声中揭晓
种啥养啥眼睛盯着世贸
巴扎早市紧紧连着小康目标

# 串辣椒的母亲

## 张文彪

串辣椒的母亲
坐在深秋里
以一种质朴的方式
清点着一季的收成
一个个辣椒面色红润
活像些淘气的孩子
母亲微笑着把它们排成队
小家伙们推推搡搡
在一根线上挤出笑声
过惯紧日子的母亲
已不再有缝衣针和愁绪
补缀破绽百出的日子
她只是怀着一颗慈母心
一针一线
告诉孩子
红火的日子该怎么过

# 写给秋天

余 军

在这个季节里我寂然独坐
回想
那些遥远的事
我拿一枝枯叶做伞
回到自己内心的深处
写一些诗

我已无法成为诗人
无数个秋天飘逝了我的激情
落叶萧萧而下
我在风声里无动于衷
我忘记了我是谁

我不知在这个季节收获什么
因为我不曾付出什么
流星划过
夜色已深
秋天的星群一片片坠落
一步一叩我的心脉

# 思　念

余　军

我叮咛你的
你说不会遗忘
你告诉我的
我也全部珍藏
对于我们来说
记忆是飘不落的日子
——永远不会发黄
相聚的时候总是很短
期待的时候总是很长
岁月的溪水边
拾起多少月亮的诗行
如果你要想念我
就望一望天上那闪烁的繁星
那里有我寻觅你的
目光

# 今夜情怀

余 军

今夜 月光爬上思绪的额
千万遍抚摸
岁月的路
因你
忧愁长出了皱纹
记忆的唱针
把往事回旋在相思的眉头

今夜 月亮是回忆的眼睛
千万遍复印
英俊的你
俳徊于意识之外
听天籁的蛙鸣
今宵眠与不眠
都是凄美的和弦

今夜　想你的月光
碎成晶莹的露珠
凄凉地随风而逝
只念得一个缠绵的离字

# 回　家

## 宋平

诗歌集

匆匆的行人
裹着浓浓的节日气氛
身影在目光中碾出一行行清晰的足印
我分明看到
那延伸的痕迹就是家中母亲的呼唤
"回家　回家……"

没有雪的季节
冬天的脚步在夜的窗下
格外地响亮
浅浅的梦中远方的家
倚贴着暖暖的感觉
寒冷只是在童年记忆中
卖火柴的小女孩手中瑟瑟的火柴盒

回家的日子
渴望　满天的雪花飘下来
落满我的全身
就如同多年前离家时

母亲慈爱的目光
将牵挂沾满我的衣裳
时时缩短着我与家之间的距离

该是回家的日子
抖落他乡面目全非的陌生
在案前的日历里
堆砌着关于家的概念
此时 语言只是零碎的片段
家在手中的车票里
渐渐向我走来

# 根

## 宋平

是我的期望过高
还是我的一些负担太重
像我这样不起眼的根
长期无助地埋在地下
我真的害怕负担不了期望
赋予我的责任

顺着一定的轨迹
在生活一些微乎其微的空隙里
寻找着适合自己生长的位置
呼吸着新鲜的空气
我看见自己在阳光里逐渐长大
当我躺在大地的深处
看着自己单薄的身体
在雨中悄然钻入土层
藏身于河道的小小身体
在春天有韵的号角长声里
又默默地复苏
在土地的深处——站起

河流冲击出的生命
深情的亲吻着泥土
长出泥土又倾入泥土
延伸着生命一节节一根根
向远方一路蔓延而去

# 根雕的随想

宋平

用目光在生活里 打捞
自己的思想
精细地将腐朽雕刻成
充满想像的神奇

那顽皮着的猿猴
是啼鸣在江南两岸儿时的嬉笑
那翻腾着的虬龙
是蜿蜒向家乡牵肠挂肚的小径
而那倚水而立的少女
可是缪斯正汲取着灵感的泉水
滋长着不寐的思维?

是谁放飞的雄鹰 悠扬的鹰哨
响彻在我们生命的岁月
梦想与荣耀
至今让我们远离承诺沉浮于尘世
噢 我的楼兰姑娘

已经哭泣褪变成古铜色
在历史的深处执手向我凝望

昨夜的羌笛
已在梦中燃起了烽火
鼾声里战鼓声声马蹄连着马蹄
时间已由远而近写进历史
在现实与理想之间的远眺
思维的真形
已站全身作炫目的夸耀

在无形与有形之间
正是你的手
用一柄小小的刻刀
赋予了我宝贵的生命

# 机房写意

宋平

远离想像的灯光
键盘 码字 程序
缠着脚连着根延伸出
一片风景

单调的屏幕前
我看见的一双舞动的手
穿行于疲惫的四季
抚键的音符
隐去了所有动人的情节

光标在移动
跋涉升华 脱去某些喧嚣的浮噪
我来不及感悟
甚至来不及喊出一些遗忘的词
比如速度 时间 以及质量

墙上的挂钟都说 很晚了
被风编译过的字符

在时间之内 时间之外
穿梭跳跃
优秀 标兵 很近也很远

时间的清辉
浸透僵硬机械反复的姿势
酸疼中持久的意念
总会
铸成一种经历 那便是
对生命的不懈追求

# 路过草原

## 白 静

马, 牧人
是由于一次不经意的路过
我, 从狭窄的指间
走近 你宽广的眼神
温柔的毡房随绿色
缓缓 缓缓移动

当习惯于某种环境后
周围的人
方知 这次告别是多么地不甘心情愿

粗犷
没有感受过草原汉子甩出豪情
对天对地
亦是隐隐作疼的酸楚

乃以平凡日子中的某一种相遇
白云 小草
夕阳下, 天山的背景美丽而巍峨

# 影子和犁

### 白　静

夕阳西下的地方
父亲常反挑一担金色
走在放牛娃回家的路上

不管是不是收获的季节
童年的印象中
父亲都是那么地匆忙

岁月如斯
金色永恒
心中祈望
父亲　依然健康

# 故 乡 月

白 静

诗
歌
集

已经记不清楚了
我是怎么认识她的
也许是土家人的山和水吧
把至纯至真的情和爱
洒点成金色和倒影

她,随梦而来
巴蕉叶,牛毛雨
总有稀泥巴裹足的故乡
视野 在湿湿的山路上
我摔打成滚好几回

离别总有一些失落
走过的也叫做路
背着画夹
任凭青春放牧的心情驻足于沙漠草原时
依然觉得 故乡的月
如玉 如蝉翅

# 罗 布 麻

## 严万海

充满对大自然的无限眷念
心中才有不熄的火焰
在那焦渴的盐碱滩
罗布麻尽显开拓者的容颜
尽管贫瘠
尽管艰难
可在"生命的禁区"
烈日晒不蔫你青春的躯体
风沙挡不住你迷人的笑靥
可不,带着对大自然的思念
你播种着倔强
扬起紫红色的风帆
在那浩瀚的沙漠边缘
在那罗布泊的荒滩
你打开一扇人生的窗口
——陈列彩色的生命花瓣

——陈列丝绸古道的明天
——陈列坚贞、刚毅、信念
——陈列罗布泊人的喜怒哀乐
——陈列大漠武警的苦乐甜酸

诗
歌
集

# 胡杨颂

*严万海*

没有柔嫩的外表
却厚实健康
没有白杨驰名
却有着博大的胸膛
大漠有你不息的生命
塔里木有你闪烁的光芒
生活在沙漠
饱经风霜的洗礼
从不怨天尤人
何惧偏僻荒凉
胡杨啊
在风沙中抗争
在奉献中激昂
你以自己的存在
为人间培植一块
生命的土壤

# 不散的英魂
## ——追忆聂春平烈士

**严万海**

十八岁,只争朝夕的岁月
十八岁,凌云壮志的年龄

为了擒拿逃犯
在厮杀搏斗中
你用军人的勇敢
树起了崇高的形像

伴着甜蜜的梦境
听着优美的抒情
七年前,你安眠在鲜花丛中
那圣洁的精灵
已化作肥沃的泥土
那不散的英魂
滋润着一批批"四有"新人
陶铸一个个卫士精英

# 军 旗

马轶峰


总让士兵
庄严地并拢五指
将手抬至太阳的高度
经久不息

枪声和呐喊
唱成你的格律
刺刀和弹片
雕凿你的雄奇
伤痕和热血
铸就你的历史

士兵们
生命的高地
长满你
的瑰丽
而每个黎明和黄昏
向人们预报
没有硝烟的天气

艰难的日子
你用灵魂
养育士兵的精神
彼此相依
当战争降临时
士兵们
伸出枪形橄榄枝
掀动你
和平的红头巾——军旗

# 绿洲飞歌

贾正刚

## 一

亘古默默期望的焦灼
千年枕着古道驼铃的寂寞
日复一日被烈日炙烤的情怀
瞬间被雪水激活
犁铧刺破肌肤的一刹
植入一种诗性的灵感
所有的激情和能量
排山倒海般释放
演绎石破天惊的
荒漠与绿色的爱情
凝固为我们相依为命的家园
这些史诗般的传说
定格成一尊军垦第一犁的雕塑
矗进后人的视线

## 二

沙尘贪婪如魔鬼般的侵袭

只能坚定质朴而快乐的思想
道路蹁跹起舞
城镇突兀
在绿色的心湖里荡漾
萌生滚烫的渴望
心情
被打扮成待嫁的新娘
容光焕发
繁忙兴奋
怀揣要蹦出去的新奇感觉
手里总想牵住幸福的向往

## 三

水库是绿洲的眼
贮一汪雪山的纯情
秋光一闪
泄溢一缕温柔
醉了条田 砰然心动
憨笑着吐露银棉
醉了果园 夜不能眠
弥散幽香——
随处倾听
都是生命拔节的声响

## 四

辗压过风雨沧桑的沉重岁月
渐次消解

悠长的鞭声　驱赶
古老苍凉的歌谣
消逝远方
绿洲的歌轻逸地飞起
大漠上一切被改变事物一同放歌
和所有的脚印书写的奇迹
一起呈示——
那些如泥土般淳朴的人们
曾经怎样走过

# 天平

关尹　孙扬琴

天山是你的筋骨
慕士塔格是你的眉峰
头顶国徽
肩负重任
凭借一身正气
辨别善恶奸佞
虽是满眼风尘
你终是火眼金睛

大漠戈壁留下你的足迹
乡村牧区有你的身影
披肝沥胆
祛邪扶正
为国执法
让人民放心
纵是一路荆棘
你终是公正的天平

# 蓝色的税装

关 尔

你来了
穿着蓝色的税装
头顶神圣的国徽
肩负人民的期望
走街串巷
把税法广泛宣讲
开票收款
你的身影那样繁忙

偷税的躲闪
躲不过你鹰般的目光
漏税的慌张
逃不脱税法的天网

请吃加红包
你断然拒绝
歹徒的恐吓
吓不弯你的脊梁

你来了
穿着蓝色的税装
春花为你欢呼
秋实为你鼓掌

# 咏兵团

## 丁 原

昔日戈壁鸟飞绝，今朝良田村婆娑。
军垦战士含辛苦，换得边疆稳千秋。

大漠南北新城起，风流人物数今朝。
屯戍先辈请放心，固国强邦人如潮。

减税增收人心向，为民才能水载舟。
示范带头靠创新，"四季开花"①满园春。

注①：四季开花是西部开发的谐音，像征农业高科技的应用与推
广。

# 屯 垦 颂
## ——贺图木舒克市历史文化形容会成立

### 丁 原

唐代名城尉头州，汉代重镇盘橐城。
今日图木舒克市，屯戍事业一脉承。

历史沧桑剑与火，千锤百炼大融合。
各族军民御外侮，民族精神浩气存。

一唱雄鸡天下白，万民欢迎解放军。
祖国边疆要稳固，前车之鉴需记牢。

一代领导定方向，三师屯戍叶尔羌。
二代领导拓基业，劳武结合农工商。

三代领导开新篇，设市建政千秋传。
"三队""四力"心牢记，奋发自强挥彩笔。

依山筑坝截叶河，青山碧水人工湖。
蓄泄兼容舟入画，西海游览鱼钓垂。

葱郁胡杨锁风沙,精准良田粮畜丰。
瓜果飘香京沪穗,"前海"银棉誉神州。

畅想师市五十年,向党交份满意卷。
老朽黄昏喜作颂,边固民乐满地锦。

叶
尔
羌
礼
赞

# 给 你

侯建功

似曾相识的地方
引起我的向往
摒弃心之囚笼
驻足对你遥望

秋风遗忘了岁月
轻拂苍凉　旷野的相拥
定格成凝重

深情凝视的地方
升华为悬于心际的珍珠
洁白的冲动
点亮那盏古老的灯
将我生命照亮　给你

# 梦中的思索

## 侯建功

梦在遥远的天际扩散
秋雨无声而泣
难以斩断的思念之网越织越密

伫立的身影　陪伴红烛的摇曳
凄清迷泛的叹息
砸碎了包裹着的深沉

漫长寂苦中失落
思念演绎成
一串串苍白的忧郁
回望来时的路　歪歪斜斜

# 秋

## 侯建功

深秋的风
吹皱心灵之波
孤独的月
抚摸生命的伤痕
秋亦萧瑟
秋亦殇情
秋亦勾起远古的记忆之帘
秋亦能化作铭心思念之泪
秋之琴弦
弹一阙昭君出塞
秋之舞姿
旋一场醉宴
秋如刻刀
生之感伤在这里凝固
秋似利剑
难割舍漠风中的缠绵
秋亦无痕
秋亦无语

# 山

### 侯建功

沉默的身躯，
宽厚且雄浑。
坚硬的骨骼，
敢与一切抗平衡。

他静静地站着，
无论阳光多么强烈，
风雨多么肆虐，
他裸露的筋骨，
总是一动不动。

容纳一切，面对一切。
这是山之胸怀，山之气魄。
与荒原作伴，
与日月同在，
这便是大山呀！
一座不朽的雕塑。

叶尔羌礼赞

# 思 恋

## 方 伟

在一起时——
总嫌你太烦，
却不想离开你后，
是如此的想念。

在一起时——
总嫌你太冷酷，
却不想你离开以后，
总忆起你的温柔。

清风微微吹拂，
偷偷撩起了我念你的青纱；
小雨细细地飘洒，
悄悄打落了我忆你的泪花。

想问一句："亲爱的，你会想我吗？"
异地的你一定会仰望天空，
找寻我念你的目光，
慢慢地品味。

# 握 别

方 伟

这一次的握别
就难以再相见
隔开我们的
不仅有岁月
还有烟岚

有一缕苦涩
萦绕心间
迎着你的是雾一样的
惆怅
背过去的是云一样的
思念

这一次的握别
何时相见
就让风儿云儿为我们牵线
系住我们牵挂

# 听说你要远航

## 方 伟

听说你要远航，
我似乎预感到一种悲伤，
你走到哪里都不要忘记，我期待的目光。

听说你要远航，
我要送你一串泪珠，
表达我心中的忧伤，
请不要擦去这串泪儿，
因为，我们彼此的心情都一样。

听说你要远航，
是否会把那串长长的思念——
挂在心上。

即使我送你一脸微笑，
也不要忘记——
微笑背后，
思念长长。

# 关 于 穿 越

## 向兴华

意志也有流于形式的时候
痛楚或是心甘情愿的呻吟
亦或家族的沧桑
在迁徙中的点滴
慢慢折射

迁徙　攥紧生存的转折
我是在阳光的鼓动下
西进……西进
踩着垂直的影子孑然而行
在阳关偶遇迁徙的人群

汲水的姿态　灰蒙的眼神
没有交流的语言
在东西之间穿梭

人如果在清水中浸泡过
就沐浴了春色的洗礼
我是谁的影子? 向风而立

两种境遇分隔南北
虽近在咫尺
鹰成为唯一的爱情之链
在梦与梦之间　顽强地
穿越历史

# 民谣的历史

## 向兴华

这是一段古老的阳光隧道
融入生活
走下欲望的旋梯
在大古北与历史呼应

没有比银装素裹更妖娆
雪掩饰不了残墙断垣
古迹不是珍玩 手饰 化妆品
红柳大肆填充时空的大域

历史的荒原 歌声如潮
开始大规模有序的迁徙
渴望在西风中种植不衰的青草
从清澈的血液诞生
爱 是永远不变的思想

水才是沙漠与戈壁的主宰
一位不屈的老者汲水而居
用冬不拉最朴素的音调

叶尔羌礼赞

阵阵催生 滋润民谣

其实西域空阔无比 笙歌四起
有水的地方就可以发现人的足迹
在河流拐弯处
一拨长弦
总可以听到草的掌声

# 责 任

## 谢声江

尘埃落入泥土里
就有了培育生命的责任
是光，就该打破黑暗

你的灵魂若死气沉沉
那怪谁呢
花开花落无声

太阳之所以伟大
不在于区分白天与黑夜
只因它无私的光与热

前进——听见吧
生命吹响号角　向前
你还能让脚步滞留吗

如果世界是沙漠
你就该是雨
有信心滋长绿色的雨

# 自 画 像

### 王 正

我生时，
是一个会哭的婴儿

我死时，
是一个会笑的婴儿

当青春少年，
我是一只小小的兽。
有善，
也恶。

小小的坏，
小小的伤心，
小小的快乐。

我沉默，
我是在说，
我爱我存在，
我是有生命的。

诗
歌
集

# 月 亮 地

王 正

月亮背面。
雪地上面我的青春像绿洲，
爱似流水

我走在背面。
月亮在身上雪地无人，
雪无处不在
我的忧伤
貌似绝代佳人

我在月亮正面行走
我在朗诵时
听到寂静的声音
被打动的花朵
在雪地上留下脚印

你走在上面，
月亮在上面
他的到来
惊醒了好多花朵

# 后 记

　　诗集《叶尔羌赞歌》的问世，是根据师市党委的部署，编辑出版的。我们从多年来发表的几百篇诗歌、散文中，经过征稿推荐、自荐、初选、会审，最终选用了诗112篇，在这些作品中有的曾经获奖，有的广受好评。

　　这里收录的48位作者，都是生活工作在师市、喀什乃至新疆的广阔天地，他们之中有老骥伏枥、笔耕不辍的老作家，有年富力强、创作旺盛的中年作家，也有勤学苦练、奋发有为的后起之秀；既有兵团的，也有地方的、部队的作者，他们是农三师图木舒克市文学创作的骨干。

　　编辑出版这本诗歌集，得到了师市党委和领导的亲切关怀，得到了广大作者的大力支持，我们深表崇高的敬意和衷心的感谢！

　　由于时间紧、工作量大、涉及面广、人用少，难免出现遗漏或差错，敬请广大读者批评指正。

编　者

2005 年 8 月 26 日

诗歌集

**图书在版编目(CIP)数据**

　魅力文丛 / 卓尔主编.—阿图什：克孜勒苏柯尔克孜文出版社；乌鲁木齐：新疆电子音像出版社,2003.12（2009 年 12 月重印）

　ISBN 978-7-5374-0484-6

　Ⅰ.魅…　Ⅱ.卓…　Ⅲ.故事—作品集—中国—当代　Ⅳ.I247.8

　中国版本图书馆 CIP 数据核字（2003）第 125254 号

| | |
|---|---|
| 丛 书 名 | 魅力文丛 |
| 主　　编 | 卓　尔 |
| 本册书名 | 叶尔羌礼赞 |
| 本册主编 | 付爱琴 |
| 责任编辑 | 郑红梅　刘伟煜　张莉涓 |
| 书籍设计 | 党　红 |
| 出　　版 | 克孜勒苏柯尔克孜文出版社<br>新疆电子音像出版社 |
| 地　　址 | 乌鲁木齐市西虹西路 36 号 |
| 邮　　编 | 830000　　电话:0991-4690475 |
| 发　　行 | 新华书店 |
| 印　　刷 | 三河市华晨印务有限公司 |
| 开　　本 | 850×1168 毫米　1/32 |
| 印　　张 | 6 |
| 版　　次 | 2009 年 12 月第 2 版 |
| 印　　次 | 2009 年 12 月第 1 次印刷 |
| 书　　号 | ISBN 978-7-5374-0484-6 |
| 定　　价 | 298.00 元（全十一册） |